Entre a estrada e a estrela

JOSÉ INÁCIO VIEIRA DE MELO

Entre a estrada e a estrela

mórula
EDITORIAL

REVISÃO
Luciana Goiana

ILUSTRAÇÕES
Felipe Stefani

FOTOGRAFIAS
Ricardo Prado

CIP-BRASIL. CATALOGAÇÃO NA PUBLICAÇÃO
SINDICATO NACIONAL DOS EDITORES DE LIVROS, RJ

M46e

Melo, José Inácio Vieira de, 1968-
Entre a estrada e a estrela / José Inácio Veira de Melo. — 1. ed. — Rio de Janeiro : Mórula, 2017.
84 p. : il.; 21 cm.

ISBN 978-85-65679-71-8

1. Poesia brasileira. I. Título.

17-45089 CDD: 869.91
CDU: 821.134.3(81)-1

R. Teotonio Regadas 26, 904 — Lapa — Rio de Janeiro
www.morula.com.br | contato@morula.com.br

Agradeço aos meus apresentadores
Carlos Emílio Corrêa Lima, Thiago Amud
e Vicente Franz Cecim, admiráveis artistas.

Pelas leituras e pela paciência, agradeço aos amigos
Ailana Damasceno, Carlos Moisés Soglia de Melo,
Gabriel Gomes, Hermann Almeida, Jackson Costa,
José Salgado Costa Maranhão e Marcelo Nascimento.

À musa
Linda Soglia.

Aos filhos, poemas pulsantes,
Carlos Moisés e Gabriel Inácio.

Aos companheiros da estrada da vida
José Clébio Barbosa, Samuel Correia e Sandro Pedrosa
Edmar Vieira, Edivando Damasceno e Nel Velame
Elizeu Moreira Paranaguá, Gabriel Gomes e Ricardo Prado.

Ao poeta Gerardo Mello Mourão,
nosso mais original poeta maior,
no centenário de seu nascimento.

In memoriam

Alzira, José Barbosa e Marinete, meus tios
Belchior, poeta singular da canção brasileira
Ferreira Gullar, que sujou e traduziu a poesia
Maurício dos Anjos Portela, saudoso amigo
Myriam Fraga, que riscou a pele da poesia
Naná Vasconcelos, mestre do som do silêncio.

The answer, my friend, is blowin' in the wind
The answer is blowin' in the wind

BOB DYLAN

Sumário

O mundo foi feito pra gente andar

Caminante, no hay camino,
se hace camino al andar.

ANTONIO MACHADO

Estou no mundo e o vento entra em minhas narinas.
O mesmo vento que farfalha as folhas dos eucaliptos
e que traz os aromas de algumas décadas vividas:
vívidas lembranças dentro de um redemoinho.

Estou no mundo e não sei o que isso significa.
Apenas olho para as folhas dos eucaliptos.
Estão juntas. Todas elas, ao mesmo tempo,
bolinadas pelo vento, num prazer único e total.
Todas cantam o mesmo hino, sentem a mesma sensação.

E eu estou perdido, aqui, neste ponto do planeta Terra,
sentindo uma imensa solidão. Solitário na imensidão.

O vento é o que há de mais real neste momento.
O vento é quem traz toda ação às folhas bailarinas.
O vento entra em minhas narinas — estou aqui!

Meu espírito está com as folhas dos eucaliptos,
dançando lírico a valsa íntima do absurdo abismo de
[estar vivo.

O que sinto que sou está perdido no mais vazio do vazio
[espaço.
E, no entanto, estou no mundo e o vento entra em minhas
[narinas.

O mundo foi feito pra gente andar.
Então, vai: um passo depois do outro.

Vai descobrir os caminhos que te levarão ao outro.
Vai inventar uma história, vai fazer a história.

O firmamento é o ponto de partida
para a tua caminhada cósmica.

E cada seixo da estrada impulsiona o teu passo
para uma estrela, para um novo espaço.

Sim, o mundo foi feito pra gente andar
e o que guia teu sapato não é o norte magnético
nem o canto das cigarras nem o caminho das formigas.

É sim algo que formiga no teu juízo
e se entranha e se amalgama e se harmoniza sem parar.

Sim, o mundo foi feito pra gente andar,
pra gente se descobrir e se inventar e se reinventar.

E por mais que se percorra mundos,
por mais longe que se chegue,
não haverá chegada, não haverá,
porque o mundo foi feito pra gente andar.

O que me move a continuar essa história sem roteiro
é a possibilidade de mergulhar no abismo.
Cada passo é um se jogar no vazio de cada segundo.

Em cada gota de sangue, o milagre da matemática
estabelece ritmos e formas — transformações
da paisagem que me compõe e que vou compondo.

Nas cores do arco-íris banho meu olhar e saio pronto
para colorir os sofrimentos que vou encontrando.

No meu movimento, gentes, geografias,
diamantes, espinhos, auroras, crepúsculos.
Viver é assim, mal amanhece e já aponta a noite.

Escolhi, então, apenas andar por aí,
cobrir-me com a poeira dos caminhos
e descobrir a verônica das estrelas.

O mundo foi feito pra gente andar, isso eu já disse,
é este verso que tem marcado meu ritmo,
e que tem me salvado das amarras do cotidiano.

O meu tempo é pouco, mas é certo também
que tenho todo tempo do mundo
e só quero sentir minha respiração.

Agora, eu só quero ouvir Bob Dylan
como quem monta numa guitarra
e sai surfando pelas praias de Jacarecica.

Havia muita solidão, mas eu era um menino feliz.
Podia correr nu e de olhos fechados
durante toda eternidade,
balizado pela areia e batizado pela água.

Sim, havia a sinfonia do mar
e havia também toda uma conquista
que não me levava a lugar nenhum,
mas quem disse que eu queria ir para alguma parte
que não fosse aquela imensa praia
numa madrugada que recebia o sol
e tinha como estandarte a vela de uma jangada solitária,
que era a alma de um homem?

E o vento me dizia que eu também tinha uma alma
e que podia ficar ali, daquele jeito,
correndo, correndo, correndo, sem fim,
rumo a mim, porque era só o que eu queria:
ser um potro solto que corria na vastidão do mar.

E tudo o que o Mr. Zimmerman me disse,
em suas palavras estrangeiras, acomodaram-se
inteiramente no meu ser, no meu movimento.

E a sua gaita é uma gata que mia lindo
e me leva de volta para *Outro Mundo*,
bem ali, bem perto, para uma noite
de aguardente e *cannabis sativa* e maresia.

E cada dose de aguardente descarregava
em minha mente toda transparência da Via Láctea
e aí é que pintavam caminhos para o deleite da gente,
eu e uns anjos alucinados, uns Sandros, uns Samuéis.

Por isso agora eu só quero ouvir Raimundo Fagner
dizer com toda força e com toda beleza
que *teu zói é a flor da paisagem*.

E para quem anda para cima e para baixo
inevitavelmente tem os olhos contaminados
pela paisagem de cada momento.

Ainda estou na beira da praia,
correndo para sentir a poesia
da calçada dos meus quinze anos
e esse canto chega até aqui,
bem na porta da casa dos cinquenta,
dando fôlego a este andarilho de joelhos gastos
que ainda transborda frenesi na agulha dos peitos.

E esses mundos que se aproximam
e esses tempos que vivi e vi
estão vencendo um corpo.

Mas esse corpo é um dado.
Oh Deus, jogue-me dentro do copo dos tempos,
deixe-me sentir os ecos dos versos de Homero
e lance-me, arco dadaísta,
e lance-me, flecha futurista,
em um sertão que me coube e que me move.

Olho para as pessoas.
Elas chegam, aproximam-se e passam.
A maioria em passo rápido,
querendo chegar em algum lugar.
Seu interesse é apenas chegar.
E este empurrar de pedras até um certo ponto
cega toda paisagem e a beleza dos caminhos.

Por isso prefiro a gaita do Mr. Zimmerman,
prefiro o berro do índio libanês,
prefiro a sinfonia do mar de Jacarecica,
que me acompanham por todos os caminhos
que meu coração me guia,

porque o mundo foi feito pra gente andar,
sentindo a beleza de cada momento
soprada no vento que eu vou respirar.

É nos caminhos que os passos inventam
que novas formas hei de incorporar,
assim, cada vez mais, me multiplicando.
Mesmo sendo tantos, sempre a me ampliar,
não sei quem sou nem para onde estou seguindo,
nem sei mesmo ao certo o que estou a conversar,
mas tudo é ritmo, andamento, poesia,
forças que regem o ímpeto de trilhar,
porque o mundo foi feito pra gente andar
nos dez de galope na beira do mar.

Hei de cortar claras manhãs
com a sola dos meus passos,
com a tinta do meu traço,
com o sonho do meu verso.

Meus olhos se harmonizam com as folhas
que expressam um gozo solar.

Olho perdidamente buscando ver cada cor.
Elas comem o algodão que se espalha no azul
e boiam no céu das águas que desejo.

Olho longamente o horizonte romper as ondas
e no firmamento estouram estrelas,
arroubos cósmicos que povoam
o descampado da minha solidão,
pintando a ilusão de um amanhã
que insiste em me perseguir.

Cavaleiro do sol, hei de encontrar a nudez
que rebenta dentro das maravilhas,
exuberâncias de um Quixote,
mascate de ilusões, que se alegra
com a mais incerta promessa
de qualquer nuvem dispersa.

E na esteira do mar o tempo renda o azul.
O eterno e ilusório azul onde passeia,
perdido e convicto, o galeão dos meus dias,
ondas nos cascos, cascos sem rota.

Da arca, enxergo sombras de estrelas
e fujo dos rigores escravos
para amar o desconhecido.
Sou dono de céus imprevistos
que embalam paixões e delícias,
sou senhor da nudez dos espinhos
que acalma meus nervos em desalinho.

Agora, quero me despir das perguntas
e dormir tranquilo neste ninho,
fora do vazio, dentro da alma.

Gavião sutil submergindo no azul,
quero encravar no outro o ouro de uma aurora.

Minhas asas confessam tudo.
Sou o sangue da terra,
vivo dentro da pedra,
por isso sou também esse pensamento
esfarinhado no tempo,
seixo rolando no *Tai Chi* de cada momento.

E cada movimento
é um incêndio de ideias
fundando novos rumos.

E vou na direção dos montes,
onde possa suspirar aromas silvestres.
Opulentos montes que me oferecem
céus e mares constelados de estrelas.

Sinto uma alegria percorrer meu esqueleto,
sinto uma brisa acalentar meu destino,
enchendo meu curral de sorrisos marinhos.

Na varanda, mudam os ares.
E surge meu barco, velas ao vento,
levando a vida pelo vale azul
e pelas vagas que agora invento.

Preciso me arriscar pelo que é estranho,
só o pasmo para me despertar ao sonho.

Andar,
perder o centro.

Alma desterrada,
arder para sempre.

No rosto,
o gosto do sol,

tatuagens de fogo,
marcas do tempo.

Andar,
bem dentro,

perdido
no centro.

E a gente se assusta com a vida,
com essa busca que não cessa.

Para não se desesperar
no meio da travessia
é preciso poesia.

Muitas vezes
o que mais conforta
é a escuridão,
onde só se distingue
uma brisa a acariciar
o pasmo da existência.

Não entendo nada plenamente,
mas meu instinto de preservação
grita mais alto que todas as dúvidas.

E mesmo sem compreender
o que é tudo isso
nem para que tudo isso,
algo em mim insiste e persiste
em sobreviver
e ser feliz.

Estou na vida. Tenho uma vida. Vivo.
Posso atribuir sentido ao meu sonhar.
Sei que estou mais próximo de uma formiga
do que de uma estrela, mas só quero brilhar.
Na verdade, quero espalhar minha luz
até que se funda à estrela solar.
Eu vim para este mundo para um passeio
e não quero nem saber de me aquietar
porque o mundo foi feito pra gente andar
nos dez de galope na beira do mar.

Em todo lugar
explode a primavera

e dois olhos brilham
como duas pérolas.

Sou eu a mostrar
minha solidão

às estrelas.

Abriu-se a linha do sol
na praia de Garça Torta.
Murmuramos sob brancas rendas
versos de cores rubras.

A vida é leve quando as garças voam
sobre Sete Coqueiros
e abandonam a solidão no mar.

Embora o verso seja solidão,
o que importa é a vida,
é buscar a alegria dos brinquedos
e a festa dos caramujos,
cujos marulhos confidenciam
segredos do mar.

E na praia vibra o Amor.
Teus olhos enxergam em minha direção.
Trago um voo virgem e um sorriso de viagem.

Preciso dos teus olhos para sentir essa bondade.
Ambos queremos os raros jambos deste pomar.

Quero marulhos.
Esquecer o amargor dos ouriços
e eriçar os pelos da beleza.

Juntos vamos abrir o mar!
Abrir as janelas do sentimento
para ver uma nova flor no horizonte.

E mais uma vez estou partindo.
Voltar para o desconhecido.
Ir e voltar. Ir é voltar.
Ir sempre e nunca mais voltar,
até chegar lá, até chegar aqui,
neste lugar de onde nunca saí:
sou o lugar que me acompanha,
paisagem interior de bicho solto.

E andar, andar
porque o pensamento é um gás
que se espalha rápido e vai longe
e nos espraia em direções
que só o sonho alcança
e avança como uma lança que corta o espaço,
que desliza no espaço até nunca mais,
até alcançar o olho da fresta
que é a festa dos sentidos.

E depois de tudo sentido,
recuperar os sentidos e caminhar
até a padaria mais próxima
e comer um sonho que me leve à tua rua.

No caminho, colherei margaridas
e sairei cantando nos tempos
um fado que escutei
na voz de Cristina Branco.

E te encontrarei
sentada no banco da praça dos desejos,
de alma exposta no varal da tarde,
anunciando um corpo que arde.

Teu amor é um fogo, é um fogo, é um fogo
e é por isso que te ofereço a brasa do meu ser
e te recebo com um abraço solar.

Agora, já é noite de lua cheia
e a poesia é uma supernova
nascendo dos nossos gemidos
a desconcertar os ponteiros do tempo,
mistérios gozosos dos nossos momentos.

As praias, hospedeiras das ondas,
me ensinaram a conversar com o mar.

Amante das sereias sertanejas,
hei de ir mais fundo no mar
até conquistar a autoria das pérolas,
até me aconchegar no lençol das suas conchas
e beber sua essência mineral nas folhas líquidas
que sobem nos vapores até o anil do céu.

Mergulho, agora, no sossego dos galhos.
Desfolho o sono dos grotões
e meus olhos desnudam tesouros,
rompendo a estranha solidão
que atravessava meus passos.

Amante rude das sereias sertanejas,
no leito do mar vi o gramado das águas
espelhando as formas da beleza.

Vi as sete cores celestes reluzindo
na couraça argêntea da pele do mar.
Foi assim, sobre as águas do mar,
andando.

Olha só, nós, viageiros,
e o vento rendando nossas faces
e a gente trilhando simplicidades,
algo que sai do tempo,
além dos nossos passos,
muito além das nossas contas.

Ninguém foi tão longe.
E a gente ali, cara a cara,
dançando na verônica dos tempos.

Só quem vê a vida respirando na ágora da alma
pode sentir o reluzir deste cordão de prata
lançando brilho nas folhas das ondas,
colando sorrisos na primavera.

Ficamos assim, bem juntinhos, tu e eu,
e em nossas carnes ardiam estrelas.

Meus olhos, duas pedras solitárias,
ondulavam na natureza com sede de muitas tintas,
até encontrarem os matizes da calmaria
nos tons serenos da tua face.

Ao longe ficou a primeira fome,
paixão que invadiu meus sonhos,
no penhasco de uma madrugada
e me fez sentir o balanço das ondas,
como quem se balança
na árvore da infância
sendo a infância de uma árvore.

E dormi enlevado
em penhascos elevados,
segui o vento
diante da multidão de espuma,
até que encontrei, tinindo,
a silenciosa aurora do mar
em seu triunfo de aerossol.

Todo azul do mar,
das entranhas aos aloendros da alma,
senti o sabor azul da espuma
que me libertou das ferraduras do ouro
e de sua carcaça que destroça o simples
para criar inúteis medalhões.

Que importa a cólera dos mesquinhos
diante do Universo que me cerca?
Diante desse límpido mar,
região que se abre para mim,
estrada que me arrasta ao largo
e ao fundo de tantos sonhos?

Hei de ter fim com os pés na estrada de terra,
distraído como um sabiá que voa no azul da vida,
cumprindo seu movimento na largura do tempo,
como a formiga que junta folhas no outono
para aquecer o inverno das palavras rainhas.

Sou a folha, nau que parte espaços nas procelas,
inaugurando voos na profundidade do azul,
alterando os horizontes. Sou a voz que mergulha
nos penhascos, fragueando o seio da Terra.

Minha alma está de atalaia, caçando ocasos na Terra.
Canto as ilhas que encanecem de azul a vista do tempo.

Onde há mais mar que não seja numa ilha?
Sou um pedaço de terra que vaga deserto no Universo.

Não adianta tentar fugir do silêncio
porque o silêncio vive dentro, a gritar.
São cachorros que mordem e ganem e uivam
até a gente sentir que vai endoidar.
Por isso é preciso encarar os abismos,
na Rosa dos Ventos os passos firmar,
sair por aí a inventar pergaminhos
e os códigos do silêncio decifrar,
porque o mundo foi feito pra gente andar
nos dez de galope na beira do mar.

No filme da noite
encontrei o hoje dos meus dias.

Vem o Sol, energia pura e brutal
que alveja o corpo e estoura no peito
raios e ramos e rimas.

Sou um país que vem correndo solto,
como um barco a favor do vento,
sem busílis sem mapa sem rota.

Há um sonho perpassando o silêncio.
Há mil caminhos abertos.
Sou senhor do próximo passo.

Sim,
sou eu,
bem aqui:
passo e pessoa,
degrau por degrau,
leve como quem voa.
Pois bem, e agora José?
Olhar para trás e sorrir,
respirar o presente e seguir.
No meu sonho só vislumbro caminhos,
porque o mundo foi feito pra gente andar.
Mas como é densa a solidão de quem é livre!

Flecha que atravessa o espaço,
um dia me encantarei.

Na esteira do infinito

O pensamento se consome
aonde a estrela não vai.

ZÉ RAMALHO

De fora do caneco do Universo
estavam *galáxia*, *eras*, *vida*
e até mesmo o *mínimo*.

De fora do caneco do Universo
estava a *fala* e ainda não havia *aqui*.

Da primeva noite que nunca amanhecia
surgiu o *brilho*, primeira cria.
O pulsar da luz desencadeando estrelas,
desdobrando vidas nas coisas mínimas.

Agora, estou aqui, bem aqui,
dizendo essas coisas com a minha fala
que nasce do silêncio e vira escrita
antes mesmo da boca dizê-la ao outro.

Pego o caneco do Universo
e bebo um gole de imensidão
— não tem gosto de uísque
nem de café quente —
é um chá morno que expande
a alma da gente.

E como é líquida essa minha vontade
que desliza por todas as partes,
indo até aonde não se tem conhecimento,
buscando encontrar um gesto de entendimento,
nem que seja um cisco no vento,
fazendo um zumbido, riscando o momento.

Até que não haja mais isso que invento,
mas que ainda assim vai insistir em existir,
em ser — mesmo não sendo.

Fonte do delírio e do improviso,
o Universo é muitos é outros é o próprio.
É o espaço sem fim da linguagem.

E ainda assim cabe todo
dentro deste poema inacabado
e, por isso mesmo, infinito.

Agora, vou escrever a partir do primeiro átomo
até o sem fim de átomos de que se compõe o Universo.

Chega a noite com suas ninhadas de estrelas.
Há tantos cosmos ocultos diante dos meus olhos.
Eu apenas os presumo,
sinto seu sumo em minhas células.

Estou respirando,
quanta vida vem alimentar minha vida!
A vida que oferece aos meus sentidos
arranjos e mais arranjos de beleza.

Um buquê de flores, uma taça de vinho,
átomos, átomos e mais átomos.
Quando bebo esse vinho,
sinto as uvas que se desmancharam
em um mar de mistérios.

Mistério de sentir o vazio de tudo,
onde nada se toca e tudo se protege
e, paradoxalmente, tudo é atração.

Estou conectado com o Sol,
um dia meu núcleo resplandecerá sua luz.

Sou um elétron
dentro de um átomo de hidrogênio.
Estou aqui, mas não estou aqui.
Desapareço e logo estou ali, mas não estou!
Faço um rastro que se apaga mais rápido
do que o átimo em que surgiu.

A minha dança é invisível
e ainda assim é o espetáculo
mais sublime que já existiu.

Estou no limiar da existência,
sou o que tenciona o Infinito.

Entre possuir o brilho
até chegar a não ser,
o que captar?

O que sente a luz
quando é sugada
por um buraco negro?

Em algum momento o Cosmo
há de oferecer uma pausa
para essa dízima periódica
e a Matemática, mãe do Infinito,
há de estender seus números
para salvar o pensamento
das trevas, do esquecimento.

Nas páginas da minha matéria,
em cada tecido que me reveste,
em cada célula que me alumia,
o que ficou bem claro nessa engenharia
é que estou completamente imbricado
entre a estrada e as estrelas.

Quando Andrômeda e a Via Láctea
entrarem em comunhão
haverá uma festa de luz
que perdurará no acontecimento
e bilhões de estrelas dançarão
no tempo e pelos tempos.

É estranho, mas já estou lá!

Guerreiro incansável,
luto contra a gravidade
para me manter erguido
e distinto do pó de onde provenho.

Sei que meu projeto de independência
é um sonho, mas grávido de signos
reinvento o próprio Cosmo
para que eu possa ascender
como um rei dentro deste labirinto.

A Nebulosa do Caranguejo,
a Galáxia do Sombreiro,
a Nuvem Oort,
são poemas cósmicos,
odes, odisseias, epopeias
dentro de um hai-kai.

Estou no centro, mirando o horizonte,
mas não existe esse evento
e nada escapa do Horizonte do Evento.

Num estalar de dedos
se estabelece o ritmo do Universo.
E os olhos da Musa se abrem
e os lábios da Musa se abrem
para receber minha língua
que transmite os fluidos da criação.

Foi de um impulso que Eros se fez.
Foi de um simples sopro,
um simples movimento,
que estrondaram as nebulosas
e fez-se a luz e fez-se o som
até chegar a esses rabiscos
que eu chamo de poema:

a mera expressão de um sentimento
que não se contenta em ser
qualquer coisa que já tenha sido
e por isso se busca dizer como algo novo
que ainda não tenha sentido;

e por não ter sentido
é o encontro com o que pode vir a ser
e por isso é tão inquietante e tão bonito.

Num estalar de dedos
encontro impulso para viajar pelo Infinito.
Num beijo, fundo a linguagem
que desperta em mim o desejo do gozo e do atrito.

E dançam minhas células,
estrelas que nascem agora e exibem seu brilho.

Veja, tu e eu, somos estilhaços de astros.
Estamos fadados a dançar
no salão que atravessa os espaços.

Então, vamos, de mãos dadas,
minha companheira invisível,
bailar até nunca mais,
vamos deixar um rastro de alegria
como o da *Nona Sinfonia*.

Vejam, é Linda Soglia.
Seu labirinto — do antes,
durante e agora —

não é feito de teias,
intrigas e horas.
São células de silêncio.

O mosaico do seu ser,
por dentro e por fora,
expande-se em calmaria
até as estrelas,

que se alinham
e se conformam
numa constelação:
Linda Soglia.

Meus olhos inventam constelações,
sementes de vida que surgem nas trevas
para brilhar na consciência do Universo.
Sou o pingo no *i* da Via Láctea
e meu canto é um grito exclamativo!
Pareço mais um grilo no espaço.

As nebulosas se chocam em meu juízo
e saio a me inventar nos mundos que diviso.
Mesmo confuso, indeciso e imprevisível,
cai um grão da minha mão, um grão mínimo,
o suficiente para germinar labirintos,
bilhões de estrelas, universos, paraísos.

O mote deste lume
é o fogo sem hiato do meu lustre,
colosso da nudez que me arremessa à eternidade.

Monumento e colheita,
sou astro irrequieto à espera de um milagre.
Tenho a gula das cigarras.
Os vinhos são intervalos das minhas partituras.

Nesta vigília hei de ferir o prumo,
dissecando morcegos ávidos por voos kamikazes.
Esta cena é amarga. Todos estão amargos.

Ofereço este purgante
aos olhares oblíquos que me julgam
e ainda dou rasteira em suas muletas,
dissipando toda inveja do Cosmo
para que não reste nenhum elétron de queixa.

O fim deste canto se aligeira
porque agora preciso ascender,
o Infinito me convoca para andar na sua esteira.

De repente, a madrugada do Sistema Solar.
Da porteira da consciência, a multiplicação da luz
em anos prenhes de energias e de distâncias.

Como vaga-lumes que aprendem a estranheza do Sol
e carregam explosões longas no escuro do seu alforje,
o brilho das ninhadas atravessa espantosas trevas
e seu canto vem prateando os cabelos das galáxias.

Tantos astros surgindo na cabeça!
Tudo em mim reclama por outros mundos,
tudo em mim clama fundo pelo desconhecido.
Sou fruto do delírio e do improviso.

O que posso dizer de mim,
essa coisa neutra que quer ser vista,
e se ver, sem carecer de espelhos,
até chegar na essência?

Um neutrino,
um simples menino,
mínimo, mínimo, mínimo.

Só me resta sentir a luz do Sol,
que corre milhões de anos
para chegar até aqui,
fazendo carícias.

Quanto mais vejo adiante,
mais estou olhando antes.
O futuro é um passado
que só o agora alavanca.

Somos furacões intergalácticos, fenômenos inconcebíveis.
Tudo o que sou está gravado na minha pele
e ainda assim quase nada consigo compreender.

Preciso descobrir minha cosmogonia.
Olho para o céu com os olhos da Terra
e o que vejo é a poeira da minha essência.

Sou um aborígene, um índio, um caatingueiro
que passa noites lendo a caligrafia do céu,
assistindo a coreografia de ninhadas de estrelas.

Sou uma nave que passeia no Horizonte dos Eventos
com olhos de fera perplexa diante do fogo das coisas.

Perquirindo o Cosmo, busco a semente do meu povo.
É nele que me sustento. Apoiados, uns nos outros,
é em nós que o mar de prata do Infinito
resplandece o espectro das estrelas
e abre suas asas numa explosão de ondas.

Somos uma multidão que se agita
dentro de uma forma.
No núcleo das minhas células,
no núcleo dos meus átomos,
a vertigem, o oásis.

Meu estado físico concentra energia de todas as eras.
Venho de um passeio de bilhões de anos.
Sou um milagre à espera de um milagre.
Sou um milagre e meu núcleo é um santuário.

A minha noite é povoada de manhãs.
Sinto a vasta aurora da Via Láctea
quando miríades de astros nasceram
e o Universo deu um grandioso espetáculo
que perdura até agora na retina da minha essência.

Eu, bicho da Terra, que vive a mirar a linha da Luz,
eu, que tenho o pó das origens nos meus dedos,
danço livre sob as estrelas e logo estou sobre as estrelas.

As atmosferas de Cecília me conduzem ao alumbramento.
Acompanhado das sete virgens, o Setestrelo,
danço a *Valsa das Flores*, porque flores são as Plêiades.

Vem, Alcione, tu que és mil vezes maior que o Sol!
Dá-me tua mão, senhora da quarta dimensão,
bailemos no salão dos tempos!

Vem, Eta Carina, ruborizada e tão erótica,
à beira de um colapso interno de tanto desejo.
Vem e deita em meu leito, deusa dos céus,
teu orgasmo há de atravessar fronteiras,
êxtases codificando novas formas de sentir,
energias espargindo compreensão de labirintos.

Um dia hei de vestir a mortalha psicodélica
e isto será um simples evento
ao tempo que será a minha glória:

ser um simples evento que ao se apagar
ascenda dentro de uma hipernova
e seja uma mínima partícula,
que se estende ao tempo que se dobra,
que se arruma e busca forma e se desdobra
e é movimento e é poesia.

Apenas o esquecimento e a memória
são capazes de construir a história.

Tijolos e telhas sonhando dentro,
a minha casa se inscreve lá fora,
vento na estrada, estrela no tempo.

E lá vou eu nessa saga sem sentido,
viajando pelo Cosmo, montado no Infinito,
em busca de respostas e de paraísos perdidos.
E lá vou eu caminhando pelo mundo
e sentindo outros mundos, quase todos invisíveis.

Mergulhar no mar, no ar, no corpo, na morte,
tudo são formas de se banhar nas misteriosas águas da vida.
Meio século adiante, provavelmente, não estarei mais aqui,
mas sou imortal e meu sangue é minha escrita.

Discípulo de Enheduana, sacerdotisa que adorna os céus,
tenho um grande destino gravado no mural do Universo,
desde o início dos tempos até o sem fim da criação.

Em meu templo ouço ecos dos *Hinos Sumérios*,
partículas sonoras que insistem em ter identidade,
insistem em levar esta mensagem para todo o sempre.

O sentimento não cabe em si nem se acaba
e a palavra para esse constante fluir
é algo que ninguém criou antes,
catrapus cruzando o portal do maravilhamento.

Caçador de estrelas,
sigo a rota dos delírios
sonhando encontrar
dimensões sem fundo,
minúsculas partituras,
o ínfimo, o indivisível.

Cheio de vida,
sigo a trilha dos mortos.
Mas ao chegar a hora
da mortalha psicodélica
meus versos continuarão
aboiando meu sentimento
numa onda de emoção.

A luz quando se apaga
deixa um clarão
na memória do Tempo.

Deitado no terreiro a namorar estrelas,
sonho com os longes das luzes que chegam até aqui.

Apoiado na memória, um vazio calado
me leva por ilhas de luz
e sinto o elo que me liga aos ancestrais.
Caminho junto às estrelas
em busca das metáforas estrangeiras.

Daqui, deste pávido ponto,
grão de poeira a girar na imensidão,
sinto a treva morrer a cada pirilampo
que grita seu brilho, pingo de luz pulsando.

Incansável cavaleiro a vagar por labirintos,
fecho os olhos e distâncias me engolem.
Há trevas e mais trevas.
Assustado, planto um girassol no meu imo
que acende um candeeiro de astros,
um diagrama de pulsares, o prisma do Pink Floyd.

Fecho os olhos e eles ficam bem abertos.
A noite tem uma intimidade
que perpassa e trespassa os abismos.
A noite é uma vaca preta
que oferta o leite da vida aos sentidos.

Sou o cordeiro que veio fundar
uma constelação de signos.
Aboio bárbaro que ecoa no Vale de Josafá,
o arco da minha lira arremessa o girassol
e ele segue pelo Universo, sem medo,
flecha que atravessa o desconhecido.

Danço sobre a chama
e em meus olhos sorri o Infinito.

Bem aqui dentro,
no portal dos sonhos,
no altar dos tempos.

Posfácio

Sou de uma raça
Que procede do fogo.
Não podereis calar-me.

CARLOS NEJAR

Versos de fogo

Em cidades sem luar, sem céus estrelados, sem cachoeiras no coração, poetas que mexem, remexem, alquimimetizam os grandes temas hoje são outcasts de uma poesia que se pensa hegemônica, versejamentos de recantos, de pequenos apartamentos e dissolvíveis dizeres, que se perdem nuns instantes sem proteção e cadência, quase sempre irretocáveis. Poemas não soam imensos hoje nos re-cantos. Não tem voz condutora pra gavião em apartamentos, de bares-dizeres e abscônditas dissipações, os urbanos sussurros, micro-sussurros diuréticos urros de pelúcia prediminam, minam, eliminam. Poucos gaviões no sertão, alguns sobrevoam ainda as cidades como Roberto Piva, são gaviões-onça, pelames, dizeres inquietos no céu, que não mais se captam. Nas cidades sem alma, totalmente decifradas, as estrelas praticamente poeticamente cientificamente eletronicamente vibratoriamente desapareceram quase todas, o poeta envolto na noite-couraça das cidades hoje se comunica com poucas estrelas, que aparecem perdidas somente algumas nos céus obscuros, maciços de tudo e nada, escuros de neon, pavor, dispersões e isso se reflete muito nos versos inversos perversos dos principais poetas e narradores urbanos atuais, contaminados pelos descaminhos simultâneos da televisão, das infiltrações globais de uma certa forma perigosa de beleza e de descantar, sem cachoeiras no coração, no corasom.

A poesia brasileira é hoje uma deriva urbana, fundamentalizada e incorporada por toda uma nova geração evadida dos sertões e que passou a habitar os grandes-sertões: cidades do mundo opresso de hoje, sem horizontes, perspectivas. Uma poesia manietada por símbolos sem ressonância, símbolos flutuantes e oscilatórios que nunca se comprometem com o dizer, a pepita desconhecida do espaço, os poetas vivem das migalhas do maravilhoso e se vangloriam por isso, da bossa nova a bossa ova, pequenos ovinhos cantábiles destoantes do dizer, apatia sem temas.

Aí paramos, e deixamos de completar com o contemplar os grandes espaçotempos. Vivemos nos intervalões entre as migalhas estelares do maravilhoso. Descombinados com natureza, com a animação térmica dos velhos sentires, dos pés na manhã-chão da infância, da cabeça respiratória de olhares, da aura do estar sentindo-se no mundo, os poetas de hoje pervagam no vago cintilar do quase não dizer, do espicaçar sem quês, vendados ao brilho, sem deslanchar pra ondes novos, os poetas hoje estão emparedados nas telas, e não sabem disso, mas por ambiciosa fortuna mágica José Inácio Vieira de Melo sabe disso, por sorte, levantamento e arrebato, com ser, conhe-ser contingenciência José Inácio Vieira de Melo entoa-se todo fora disso. Está lançado agora esse longo e belo poema de longínquas forças, com clarões, saliências, gradientes, condensações e dispersões de essências que nos trazem de volta o mundo, os fortes sabores semânticos da terra, das águas falantes dos batismos primordiais dos astros, novos abecedários cósmicos. Seu grande poema-glande, que rompe o mundo das treliças eletrônicas, conquista uma china de borrões, mostra estoques vivos de música do futuro captados nos armazéns estrelados da grande cúpula universal novamente entreabrindo-se a uma outra lógica de cintilações.

Num talo de sal da estrela dentro bebe vogais que consonantenam e que pervagam o leitor. O abecedério, delírio da serpentes-galáxias tem dosesdons de navegar, só que essa ser pente é um cordão de estrelas cantáveis em pré-ciência de mar recém-somado. Esse luar de essências livres, a claridão do dizer. A clarigrafia do infinito repinta velozes velhos cantares que de tão velozes (a velocidade da poesia é maior do que a da luz) tornaram-se vozes jovens de um coro de tonalidades e aprofundamentos desconhecidos rumo ao que antes nunca foi entoado.

O esquecimento da música tonal foi o grande tombo da poesia pós-moderna. Tombou no abismo em desencantamento profético, tornou quase tudo desmaravilhosamente isso aqui. Desandou, estancou. Mas proliferou a angústia necessária para recobrar esse acalanto. Desnivelou o mundo em lâminas de águas simultâneas. Desfez das asas e tentou sumir em descantorias barbitúricas, rompido o verso e o advir. As rimas sumiram pelos esgotos telesonhantes de purgações e miasmas. O fogo sumiu do mundo e os falsos deuses condensaram uma atmos-fera anti-humana quase impossível de suportar, assumir. Os fôlegos sem brasas são nada, a vida sem cachoeiras não pode existir. Aí José Inácio Vieira de Melo chega, ainda a tempo, com sua cavalgada matemática poética de alturas e condensaudações arquitetas. Lança versos de chamas vermelhas no espaço.

Versos quentes, versos em brasa, de ferreiro invisível do espaço. Escreve na pedra a vida narrativa de todas as constelações que ele vê abertas, num grande prisma de almas, seres e vocalizações siderais escorrendo em trilha-rio caligráfico. Numas pauta de pedra transparente. Havendo sempre o dia em que se reinaugura toda a dimensão e grandeza do espaço, onde morar como José Inácio Viera de Melo senão numa estrela e dela começar a cantar, com uma nova e mais forte bigorna? José Inácio Viera de Melo ao poemar está forjando uma estrela.

CARLOS EMÍLIO CORRÊA LIMA

Sobre o autor

— Quem é este rapaz?
— É um peregrino. Peregrino das próprias entranhas.

GERARDO MELLO MOURÃO

JOSÉ INÁCIO VIEIRA DE MELO (1968), alagoano radicado na Bahia, é poeta, jornalista e produtor cultural.

Publicou os livros *Códigos do silêncio* (Salvador: Letras da Bahia, 2000), *Decifração de abismos* (Salvador: Aboio Livre Edições, 2002), *A terceira romaria* (Salvador: Aboio Livre Edições, 2005), *A infância do Centauro* (São Paulo: Escrituras Editora, 2007), *Roseiral* (São Paulo: Escrituras Editora, 2010), *Pedra Só* (São Paulo: Escrituras Editora, 2012), *Sete* (Rio de Janeiro: 7Letras, 2015) e as antologias *50 poemas escolhidos pelo autor* (Rio de Janeiro: Edições Galo Branco, 2011) e *O galope de Ulisses* (São Paulo: Editora Patuá, 2014).

Organizou *Concerto lírico a quinze vozes — Uma coletânea de novos poetas da Bahia* (Salvador: Aboio Livre Edições, 2004), *Sangue Novo — 21 poetas baianos do século XXI* (São Paulo: Escrituras Editora, 2011) e as agendas *Retratos Poéticos do Brasil 2010* (São Paulo: Escrituras Editora, 2009) e *Retratos Poéticos do Brasil 2013* (São Paulo: Escrituras Editora, 2012). Publicou também o livrete *Luzeiro* (Salvador: Aboio Livre Edições, 2003) e os CDs de poemas *A casa dos meus quarenta anos* (Salvador: Aboio Livre Edições, 2008) e *Pedra Só* (Salvador: Aboio Livre Edições, 2013).

Participa das antologias *Pórtico Antologia Poética I* (Salvador: Pórtico Edições, 2003), *Sete Cantares de Amigos* (Salvador: Edições Arpoador, 2003), *Roteiro da poesia brasileira — Anos 2000* (São Paulo: Global, 2009) e *Autores Baianos: Um panorama 2* (Salvador: P55 Edição, 2014). No exterior, participa das antologias *Voix croisées: Brésil-France* (Marselha: Autre Sud, 2006), *Impressioni d'Italia — Piccola antologia di poesia in portoghese con traduzione a fronte* (Nápoles: U.N.O., 2011), *En la otra orilla del silencio — Antologia de poetas brasileños contemporáneos* (Cidade do México: Unam / Ediciones Libera, 2012), *Traversée d'océans — Voix poétiques de Bretagne et de Bahia* (Paris: Éditions Lanore, 2012), *A Arqueologia da Palavra e a Anatomia da Língua* (Maputo, 2013) e *Mini-Anthology of Brazilian Poetry* (Placitas: Malpais Review, 2013).

Coordenador e curador de vários eventos literários, como o Porto da Poesia, na 7ª Bienal do Livro da Bahia (2005), a Praça de Poesia e Cordel, na 9ª, 10ª e 11ª Bienal do Livro da Bahia (2009, 2011, 2013), em Salvador, o Cabaré Literário, na I Feira Literária Ler Amado, em Ilhéus (2012) e a Flipelô — Festa Literária Internacional do Pelourinho (2017), em Salvador, assim como dos projetos A Voz do Poeta (2001) e Poesia na Boca da Noite (2004 a 2007), ambos em Salvador, Travessia das Palavras (2009 e 2010), em Jequié, e Uma Prosa Sobre Versos (desde 2009), na cidade de Maracás, no Vale do Jiquiriçá. Tem poemas traduzidos para os idiomas: alemão, árabe, espanhol, finlandês, francês, inglês e italiano. Foi coeditor da revista de arte, crítica e literatura *Iararana* (2004 a 2008).

E-MAIL: jivmpoeta@gmail.com
FANPAGE: www.facebook.com/jivmpoetaoficial
BLOG: www.jivmcavaleirodefogo.blogspot.com

1ª edição	outubro 2017
tiragem	1600 exemplares
impressão	rotaplan
papel miolo	pólen bold 90g/m²
papel capa	cartão supremo 300g/m²
tipografia	arnhem e macarons